sterne sehen

sterne sehen

ASJA WIEGAND

sterne sehen

BAND ZWEI

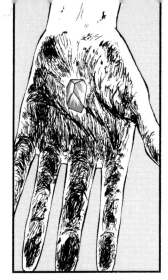

Das verletzte Mädchen, das Nina beim Joggen aufliest, stellt sich als Ela Era Ean vor, eine gestrandete Außerirdische. Obwohl Nina ihr natürlich nicht glauben kann, nimmt sie die freundliche, wenn auch etwas weltfremde Ela bei sich auf.

Alles, was der vermeintlichen Außerirdischen von ihrem Raumschiff bleibt, ist ein kleiner Sender, den sie immer bei sich trägt. Mit diesem hofft sie, ihrem Bruder ein Signal geben zu können, damit er sie abholen kann.

Während Nina sich zusehends mit Ela anfreundet, misstraut Ninas Schwester Anne dem seltsamen Mädchen und rät Nina zur Vorsicht. Doch je besser Nina Ela kennen lernt, um so leichter fällt es ihr, Ela zu glauben, dass sie ein Alien ist.

PUH, ICH GLAUBE, DU MUSST JETZT ABSTEIGEN.

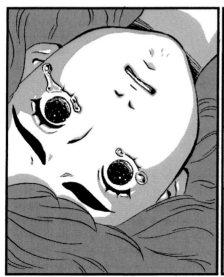
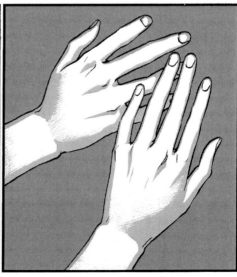

SEIT 53 TAGEN VERSCH...

Wer hat

3 4. TAG, 21. AUGUST 2017

Bild

ges

Heute im

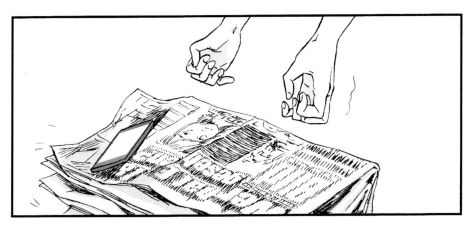

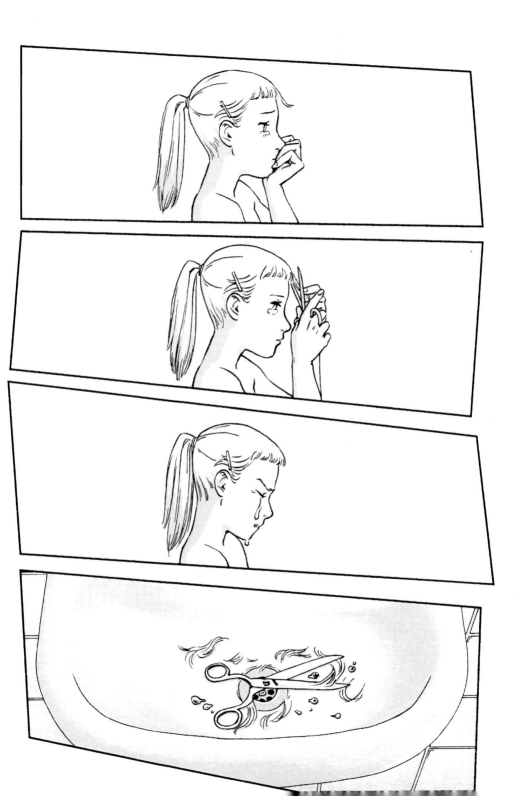

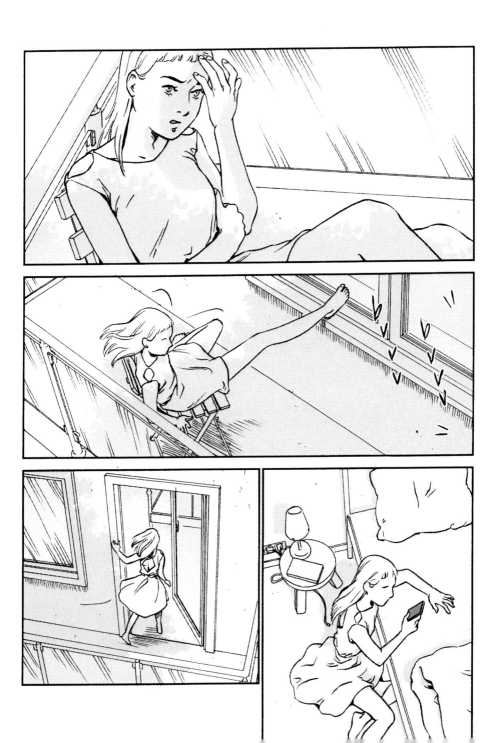

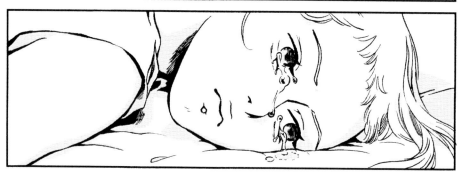

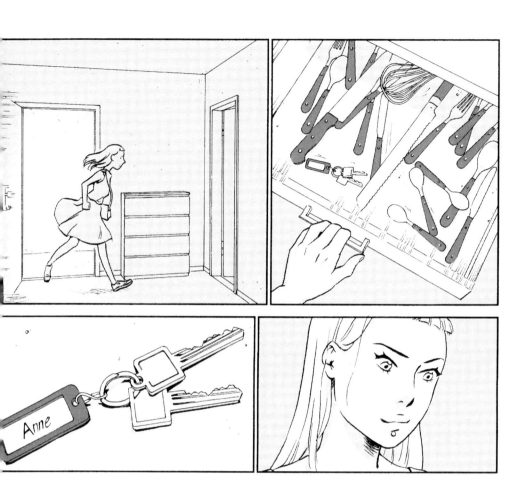

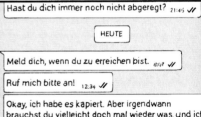

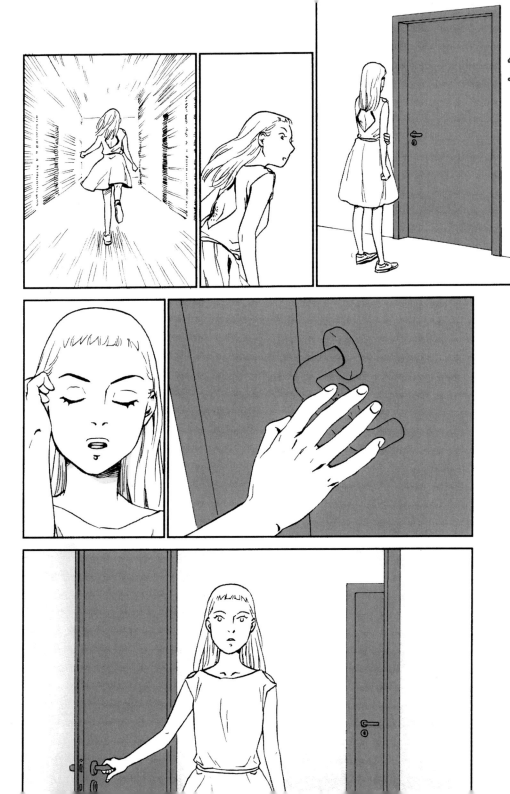

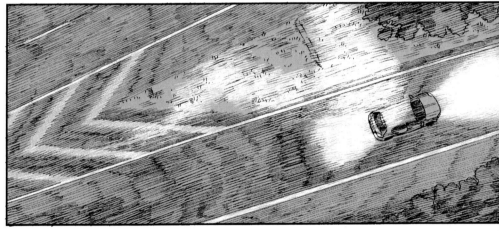

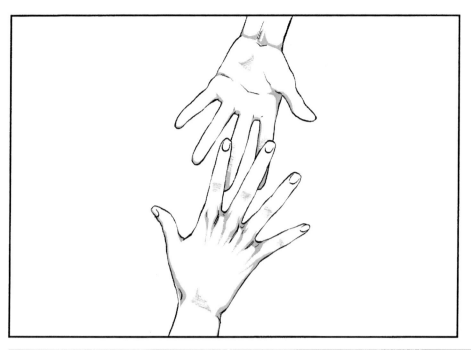

Bereits erschienen:

Asja Wiegand
sterne sehen Band 2

erscheint bei Zwerchfell GbR Dinter & Tauber
Redaktionsanschrift: Silberburgstr. 145A, 70176 Stuttgart
Redaktion & Buchgestaltung: Stefan Dinter

Ähnlichkeiten mit lebenden oder verstorbenen Personen und/oder
Firmen, Parteien, Vereinen und öffentlichen Einrichtungen,
ausser zu satirischen Zwecken sind zufällig und nicht beabsichtigt.

Copyright ©2018 Asja Wiegand a.r.r.
Copyright dieser Buchausgabe ©2018 Zwerchfell GbR a.r.r.

Printed in the EU by booksfactory

ISBN 978-3-943547-37-5

www.gestern-noch.de
www.zwerchfell.de